AF221152

Christoph-Maria Liegener

Der falsche Impfstoff

Eine Satire

© 2021 Christoph-Maria Liegener

Herstellung und Verlag:
BoD – Books on Demand, Norderstedt
Cover-Bild: Shutterstock

ISBN:
9783753421537

Inhalt

Vorwort

Die Diskussion um die Maßnahmen gegen Corona, insbesondere die Impfstoffe, werden oft mit verbissener Härte geführt. Ein Grund mehr, sich des Themas mit Humor anzunehmen. Es mal locker zu sehen, heißt nicht, dass die Gefahr nicht ernst genommen wird, lediglich, dass man verschiedene Perspektiven ausprobieren kann. Eins ist jedoch klar: Wenn man sich impfen lässt, begibt man sich in die Hände derer, die den Impfstoff hergestellt haben – meist haben sie dafür wirtschaftliche Gründe: Sie wollen Geld verdienen.

Blindes Vertrauen könnte in dem Fall gefährlich werden, zwar nicht so, wie hier beschrieben, aber man kennt eben nicht alle Gefahren. Deshalb die Warnung durch eine übertriebene Darstellung.

Christoph-Maria Liegener

Die Impfung

Mark machte seinen Oberarm frei und bekam die Injektion. Soweit kein Problem. Er fühlte sich zufrieden. So lange hatte er auf seine Corona-Impfung warten müssen, dass er froh war, sie jetzt zu haben.

Okay, er hätte lieber einen mRNA-Impfstoff erhalten, aber den bekam er offensichtlich nicht. Einziges Impfangebot an ihn blieb die Impfung mit einem Vektor-Impfstoff. Er hätte ihn nicht gewählt, wenn er gefragt worden wäre. Was man da alles hörte! Da würde Fremd-DNA in den Zellkern eingeschleust und die könne das Erbgut verändern, womöglich Krebs auslösen. Auch von Hirnvenenthrombosen wurde berichtet. Derartige Schauergeschichten wurden ebenso intensiv kolportiert wie dementiert. Mark war nicht gefragt worden. Gewiss, er hätte die Impfung mit diesem Impfstoff ablehnen können, aber dann wäre er gar nicht geimpft worden.

Über die Nebenwirkungen konnte er sich kein Urteil bilden. Zu widersprüchlich war das, was er zu hören bekam. Zum Schluss hatte er sogar gezweifelt, ob wirklich alles berichtet wurde, was passiert war.

Ihn hatte lediglich überzeugt, dass das Risiko einer tödlich verlaufenden Corona-Infektion größer zu sein schien als das Risiko, an Nebenwirkungen der Impfung zu sterben. So kam seine Entscheidung zustande, die Impfung zu akzeptieren.

Die Nebenwirkungen hatten es nun allerdings wirklich in sich: Fieber, Kopfschmerzen und Schwindelgefühle. Unangenehmer, als er es nach den beschwichtigenden Worten des Arztes erwartet hatte, aber – wie der Arzt ihm mitteilte – noch im Bereich des Normalen. Nun, so hatte er sich das nach den üblichen dürren Worten zu den Nebenwirkungen zwar nicht vorgestellt, aber es ging vorüber.

Danach fühlte er sich jedoch besser als vor der Impfung und das steigerte sich von Tag zu Tag. Seine Körperkräfte wuchsen ebenso wie seine sportliche Ausdauer. Als Sportlehrer konnte er seinen Schülern praktisch unmögliche Übungen demonstrieren, die sie natürlich nicht nachmachen konnten. Aber das Vorbild zählte.

Seine Frau Sabine staunte über seine neuerdings gesteigerte sexuelle Leistungsfähigkeit und meinte:

„Du bist ja neuerdings wie ein Tier im Bett!"

Er erwiderte:

„Danke. Das kommt daher, dass du mich so scharf machst."

So weit fühlte er sich wohl. Als störend empfand er, dass seine Köperbehaarung stark zunahm. Das wollte er klären.

Er ging zum Arzt. Dieser, ein freundlicher Herr fortgeschrittenen Alters mit Glatze, meinte lächelnd:

„Das ist im Alter bei uns Männern ganz normal: Was wir auf dem Kopf an Haaren einbüßen, finden wir auf dem Rücken und überall sonst wieder."

Mark wies darauf hin, dass er auf dem Kopf keineswegs Haare verloren hätte, worauf der Arzt nur lachte:

„Na, dann freuen Sie sich doch darüber!"

Mark fühlte sich nur wenig beruhigt.

Seine animalischen Triebe nahmen immer weiter zu. Seine Frau genügte ihm bald nicht mehr. Er hatte Sex mit unzähligen anderen Frauen, die er ziemlich wahllos rekrutierte.

Eine seiner Anlaufstellen zu diesem Zweck war ein lokaler Nachtclub. Eigentlich eine illegale Institution, aber er hatte über drei Ecken davon erfahren. Beim ersten Mal gab es einige Schwierigkeiten. Die Frau, mit der er sich zurückgezogen hatte, wurde offensichtlich von der Situation überrascht, zum einen durch die physischen Gegebenheiten. Durch seine Wandlung hatten sich alle seine Körperteile vergrößert, zwar nur nach und nach, aber im Endeffekt doch erheblich. Zum anderen durch seine Wildheit, die er ebenfalls neu entwickelt hatte. Eben wie ein Tier. Als sie richtig loslegten, begann sie zu schreien, wobei nicht ganz klar war, ob vor Schmerz oder vor Lust – vielleicht beides. Jedenfalls kam ein vierschrötiger Zuhälter hereingestürmt und griff Mark sofort an. Der beförderte in mit einem einzigen Fausthieb quer durchs Zimmer, woraufhin er reglos liegenblieb. Weitere Angestellte des Etablissements kamen hinzu, auch der Geschäftsführer. Die Befragung der Frau ergab, dass sie sich nur erschrocken hatte, Mark aber nichts vorzuwerfen hatte. Man trennte sich friedlich.

In Zukunft warnte Mark die Frauen, bevor sie zur Sache kamen. Die meisten hatten Schlimmeres erlebt und waren einverstanden.

Seiner Frau entging seine Wandlung nicht.

„Was ist nur mit dir los?", fragte sie. „Seit einiger Zeit verhältst du dich wie ein Tier. Wenn ich ehrlich sein soll, so muss ich dir sagen, dass auch dein Äußeres immer mehr dem eines Tieres gleicht. Deine Gesichtszüge werden wilder und du bekommst ein Fell. Das hat kurz nach deiner Corona-Impfung begonnen. Hat es etwas damit zu tun?"

„Woher soll ich das wissen?", entgegnete Mark. „Ich werde mal den Arzt fragen."

Der Arzt, den er kurz darauf konsultierte, befand sich in der Bredouille. Bei seiner letzten Beratung hatte er die Symptome noch verharmlost. Das konnte er nun nicht mehr. Zu offensichtlich waren die Veränderungen. Andererseits konnte er sich auch keinen Reim darauf machen.

Was tut ein Arzt, wenn er nicht weiterweiß? – Er überweist den Patienten an einen Spezialisten. In diesem Fall wurde Mark zu einem Hautarzt geschickt, weil die Ausbildung eines Fells das augenfälligste Merkmal seiner Änderung war und dies ja als ein Effekt der Haut betrachtet werden konnte. Mark suchte also einen gewissen Dr. Mackenbuch auf.

Der renommierte Hautarzt kannte diese Erscheinung nicht, dokumentierte sie aber sorgfältig und hoffte, dass die Krankheit irgendwann nach ihm benannt werden würde.

Die Ursache der Veränderungen konnte er vorläufig nicht feststellen und überwies ihn daher weiter an die Universitätsklinik, um ihn gründlich durchchecken zu lassen. Im Zuge dieser umfassenden Untersuchungen wurde auch seine DNA erfasst und diese rief großes Erstaunen hervor. Sie enthielt umfangreiche Sequenzen von Affen-DNA, was sich die Wissenschaftler nicht erklären konnten. Aus Marks privaten Gegenständen konnten sie frühere DNA extrahieren und fanden, dass dort die Affen-DNA nicht zu finden war. Die zeitliche Nähe der DNA-Änderung zu seiner Corona-Impfung fiel auf, konnte aber nicht schlüssig als deren Folge betrachtet werden. Von wegen: Post hoc, ergo propter hoc. So einfach machte man es sich nicht. Die verwendete Charge wurde identifiziert, konnte aber als normal eingestuft werden.

Trotzdem wurde bei einem so neuen Impfstoff sehr auf mögliche Nebenwirkungen geachtet. Im vorliegenden Fall fiel besonders ins Gewicht, dass Vektor-Impfstoffe fremde DNA in den Zellkern einschleusten. Konnte dabei etwas schiefgelaufen sein?

Ausschließen konnte man es jedenfalls auch nicht. Die Experten waren einigermaßen ratlos und stuften den Fall als mögliche Nebenwirkung der Impfung ein.

Tierische DNA konnte auch die Ursache für seinen übersteigerten Sexualtrieb sein.

Seine Frau war inzwischen dahintergekommen, dass er dauernd fremdging und stellte ihn zur Rede:

„Erinnerst du dich eigentlich noch daran, dass es so etwas wie eheliche Treue gibt? Du brichst unsere Ehe immer wieder. Ich werde mir das nicht länger mitansehen!"

„Entschuldige bitte, es geht in solchen Momenten mit mir durch – der uralte Sexualtrieb des Mannes: Er will seine Gene möglichst weit verbreiten."

„Als ob die Professionellen eine Empfängnis überhaupt zulassen würden! Du betrügst dich doch nur selbst!"

„Ja, aber die Triebe funktionieren ohne Nachdenken. Meine Selbstkontrolle wird durch meine tierische Seite behindert. Ich kann das nicht steuern."

„Versuch es! Noch bist du ein Mensch. Noch liebe ich dich. Dass du langsam zum Schmuseaffen wirst, finde ich im Grunde nicht allzu schlimm."

„Die Affen-Gene verstärken meine tierischen Impulse. Es ist sehr schwer, aber ich will versuchen, mich zu beherrschen."

„Na gut, versuchen wir's noch mal!"

Mark gab sich alle Mühe und es gelang ihm. Er kehrte zur ehelichen Treue zurück. Sabine vergab ihm seine bisherigen Fehltritte, weil er ja wirklich gehandicapt war. Jetzt, da er sich gegen seine zweite Natur in ihrem Interesse durchsetzte, liebte sie ihn fast noch mehr als zuvor.

Stoppen konnte Marks Entwicklung keiner mehr. Das könnte man für dramatisch halten, aber so empfand Mark es gar nicht. Eine ungeheure Lebensfreude erfüllte ihn und er hätte nie mit seinem früheren Ich getauscht.

Nicht nur größer war er geworden, er hatte sich auch in ein Muskelpaket verwandelt. Eine imposante Erscheinung!

Und noch etwas wurde wichtig.

Mark und Sabine hatten sich inzwischen eine Existenz aufgebaut. Er hatte einen sicheren Job als Lehrer, sie als Krankenschwester. Alles war geregelt. Wäre das nicht der richtige Zeitpunkt, Kinder zu bekommen? Zumindest erstmal eins. Dann würde man weitersehen.

Natürlich gab es da das Problem mit Marks DNA. Er fragte sie:

„Bist du sicher, dass du das willst? Unser Kind wird eine außergewöhnliche DNA haben. Keiner weiß, was daraus wird."

Sie entgegnete:

„Außergewöhnlich heißt nicht schlechter. Du kommst doch mit deiner neuen DNA gut zurecht, oder?"

„Ja, im Grunde fühle ich mich fast besser als vorher."

„Na, dann steht doch der Sache nichts im Wege!"

Der Entschluss war gefasst und das Unternehmen „Nachwuchs" nahm seinen Anfang.

Der Impfstoff

Was war nun wirklich passiert?

Vektorimpfstoffe transportieren die DNA des Spike-Proteins des Corona-Virus mit Hilfe eines anderen Virus, des Vektors, in die Zellen des zu impfenden Menschen. Bei manchen Impfstoffen werden als Vektoren Affen-Viren benutzt. Natürlich wurde vorher viel experimentiert, auch mit Affen und mit Affen-DNA.

In einem der Labors hatte Toni versucht, Affen-DNA zu züchten, die gegen die Corona-RNA resistent wäre. Tatsächlich hatte er schließlich einen Impfstoff hergestellt, der eine resistente Form der Affen-DNA in den Zellkern einschleuste. Ganz stolz erzählte er Resi davon. Resi war eine neue Kollegin, in die er sich spontan verliebt hatte.

„Mit diesem Impfstoff kann die Menschheit Corona besiegen", prahlte er vor ihr, indem er die Ampulle in die Höhe hielt. „Diese Ampulle enthält die Rettung der Menschheit.“

„Damit werden höchstens die Menschen zu Affen“, lachte sie, um ihn zu necken.

„Na ja, er muss noch auf Menschen umgestellt werden, das ist wahr“, gab Toni zu. „Aber der erste Schritt ist immerhin getan. Dafür werde ich eines Tages den Nobelpreis erhalten.“

„Darf ich die Ampulle mal in die Finger bekommen?“, schurrte Resi und griff nach der Ampulle.

„O.k., hier hast du sie, aber sei vorsichtig damit“, stimmte Toni gutmütig zu.

„Weg ist sie!“, scherzte Resi übermütig, während sie die Ampulle hinter ihren Rücken versteckte.

„Vorsicht! Vorsicht!“, kreischte Toni in Panik. „Lass sie nicht fallen!“

„Keine Panik! Hier hast du sie wieder“, beruhigte ihn Resi, indem sie ihm die Ampulle überreichte.

Was Toni nicht wusste: Resi hatte hinter ihrem Rücken die Ampulle ausgetauscht. Sie war eine Industriespionin und auf die Fortschritte in der Impfstoffforschung dieser Firma angesetzt. Ihr Auftrag: Sie sollte eine Ampulle des neuesten Impfstoffs ihrem Auftraggeber, einer Konkurrenzfirma, aushändigen.

Die Ampulle hatte sie. Nun musste sie nur noch hinaus!

„Ich wünsche dir viel Glück damit. Tschüss", flötete sie und wandte sich zum Gehen.

„Warte noch einen Augenblick! Wir sind doch gerade so schön am Plaudern", rief er ihr noch hinterher.

Aber Resi ließ sich nicht aufhalten. Sie wusste: Früher oder später würde Toni bemerken, dass sie die Ampulle vertauscht hatte und dann wäre sie aufgeflogen. Bis dahin musste sie das Firmengelände verlassen haben.

Weg war sie! Toni stand mit der Ampulle in der Hand allein da. Nachdenklich betrachtete er sie eine Weile, bis ihm auffiel, dass es die falsche Ampulle war.

Es dauerte noch ein paar Augenblicke, bis ihm klarwurde, dass Resi die Ampullen vertauscht hatte. Aber warum nur? Da endlich fiel bei ihm der Groschen und er rief den Sicherheitsdienst an.

Resi hatte einen wichtigen Vorsprung, aber sie wusste, dass sie es nicht mehr vom Werksgelände schaffen würde. Schon ging die Sirene los. Sie musste die Ampulle verstecken.

Wo kann man ein Ei besser verstecken als in einem Korb Eier? Sie befand sich gerade in der Produktion. Dort drüben standen die Paletten mit den lieferfertigen Impfdosen, ein wenig weiter rechts liefen riesige Mengen von Ampullen auf dem Band zur Etikettiermaschine. Schnell lief sie da hin und vertauschte ihre Ampulle mit einer auf dem Band. Die überflüssige Ampulle entleerte sie und warf das leere Glasgefäß in einen Mülleimer. Ausschuss!

Jetzt ging sie seelenruhig zum Werksausgang. Dort wurde sie festgenommen und durchsucht. Natürlich fand man nichts. Man übergab sie der Polizei und durchsuchte das Gelände. Erfolglos!

Resi musste schließlich freigelassen werden, da man ihr nichts nachweisen konnte. Sie leugnete alles. Trotzdem erhielt sie Hausverbot in der Firma, so dass sie nicht mehr zurückkehren konnte, um die Ampulle zu holen. Wenn sie diese überhaupt wiedergefunden hätte! Die Ampulle gelangte mit all den anderen Impfdosen der Charge in den Vertrieb und wurde verimpft.

Genau diese spezielle Dosis hatte der arme Mark abbekommen, was damals keiner wusste.

Nun hatte Mark also Affen-DNA in seinen Zellen und diese verbreitete sich mit jeder Zellteilung weiter. Nicht nur das – sie programmierte auch die menschlichen Zellen zu Affenzellen um. Mark verwandelte sich in eine Mischung von Affe und Mensch.

Seine menschliche Denkfähigkeit verlor er indes nicht. Das half ihm weiter, als der Sportunterricht wegen seines Fells zum Problem wurde. Er verfügte zusätzlich zu seinem Verstand jetzt noch über einen ausgeprägten Killerinstinkt, und zwar im wahrsten Sinne des Wortes.

Schnell wechselte er ins Schulministerium und stieg dort schnell auf. Merkwürdigerweise verstarben alle, die auf einer Stelle saßen, die er als nächstes anstrebte. Todesursache war meist Herzstillstand verbunden mit seltsamen Druckstellen. Es schien, als ob der Brustkorb der Opfer in einem riesigen Schraubstock zusammengepresst worden wäre. Die Polizei stand vor einem Rätsel.

Es war andererseits auch nicht so einfach, wie man jetzt denken könnte: dass Mark die ihm im Weg stehenden Menschen einfach umgebracht hätte. Tatsächlich hatte er die Betreffenden aufgesucht und mit ihnen über sein Fortkommen gesprochen. Tatsächlich waren sie in Streit geraten und

tatsächlich hatte er sie gepackt und zusammengepresst. Das geschah jedoch im
Affekt und wäre nur als leichte Körperver-
letzung zu werten gewesen. Daran starben
sie nicht.

Ganz ohne sein Zutun hatten die Opfer
dann jedoch eine Panikattacke mit an-
schließendem Herzinfarkt erlitten. Was
unter Affen als kleine Rangelei um die Stel-
lung in der Hierarchie durchgegangen wäre, war eben unter Menschen unbekannt
und wurde als lebensbedrohlich empfun-
den. Da Mark schon eine Menge Verhal-
tensweisen eines Affen übernommen hatte,
war ihm das nicht klar. Seine Schuldfähig-
keit konnte als eingeschränkt betrachtet
werden.

Die Aufklärung

Die bestohlene Firma heuerte einen Detektiv an, einen mit einschlägiger Erfahrung. Es war der beste, der zu bekommen war. Sein Name war Erich und er benutzte die Romeo-Masche.

So machte er sich also an Resi heran. Sie arbeitete derzeit im Innendienst ihrer Detektei, bis Gras über die Sache gewachsen wäre. Ihre Arbeit empfand sie als langweilig und hatte das Kochen als Hobby entdeckt. Täglich ging sie frische Zutaten im Supermarkt einkaufen.

Dort lauerte Erich ihr auf, passte sie ab und kam scheinbar zufällig gleichzeitig mit ihr an die Kasse. Höflich ließ er ihr den Vortritt.

Genauso machte er es am nächsten Tag und noch einmal am übernächsten. Bei diesem dritten Mal sah Resi ihn kommen und stellte ihn zur Rede:

„Das ist doch kein Zufall, dass wir uns hier immer begegnen, oder?"

Erich setzte sein allerbestes Lächeln auf, von dem sie allerdings nicht viel sehen konnte, da er natürlich eine FFP2-Maske trug. Aber – und das war sein Geheimnis – seine Augenwinkel lächelten mit. Dann sagte er mit seiner angenehmen sonoren Stimme:

„Da haben Sie völlig recht, meine Dame. Es ist wie mit den Motten und dem Licht: Ich werde unwiderstehlich von Ihnen angezogen."

„Stalken Sie mich etwa?"

„Aber nein. Trotzdem würde ich Sie gern kennenlernen. Darf ich Ihnen einen Coffee to go spendieren? Mehr ist ja derzeit nicht möglich."

„Gern. Danke sehr."

Erich kaufte den Kaffee und sie verließen gemeinsam den Laden. Draußen nahmen sie die Masken ab und waren sich noch sympathischer als vorher.

Es war verhältnismäßig warm und sie gingen ein paar Schritte nebeneinanderher, während sie ihren Kaffee tranken. Als sie sich trennten, hatten sie ihre Kontaktdaten ausgetauscht. Die Dinge entwickelten sich.

Öfter noch trafen sie sich zu Spaziergängen, mailten und skypten ausgiebig, bevor sie sich am Ende gegenseitig zu Hause besuchten. In Corona-Zeiten ist es gar nicht so einfach, einander kennenzulernen. Aber es klappte.

Tatsächlich konnte Erich sich auf seinen Zauber verlassen. Resi verfiel bald seinem Charme und sie landeten irgendwann sogar im Bett.

So weit lief alles nach Erichs Plan. Weiter kam er jedoch auf diese Weise nicht. Resi war zu sehr Profi, als dass sie über ihre Jobs geplaudert hätte, egal, wie vertraulich die Situation schien. Nach einer Weile musste Erich erkennen, dass es so nicht funktionierte.

Es half alles nichts: Er musste mit offenen Karten spielen. Nunmehr offenbarte er Resi seine Identität, sprach mit ihr über den Diebstahl und unterbreitete ihr ein lukratives Angebot der Firma, wenn sie die Ampulle zurückgäbe oder ihn wenigstens über ihren Verbleib informierte.

Zunächst reagierte Resi fassungslos, dann kamen ihr die Tränen und schließlich wurde sie richtig sauer:

„Du Schuft! Du hast mich von Anfang an getäuscht! Hast du mich denn überhaupt je geliebt?"

„Na klar. Ich habe das Angenehme mit dem Nützlichen verbunden. Wenn du willst, können wir auch zukünftig zusammenbleiben."

Genau das hatte Resi hören wollen, um jetzt ihrerseits die Affäre beenden zu können:

„Niemals! Scher dich zum Teufel!"

So fühlte es sich gut an. Nachdem sie ihre Wut herausgeschrien hatte, ging es ihr wieder besser. Sie begann sogar, über sein Angebot nachzudenken. Schließlich war sie

Profi. Wenn die Sache geheim gehalten würde, hätte sie nichts zu befürchten. Sie machte das zu Bedingung. Erich sagte ihr Diskretion zu, soweit das möglich wäre.

Nun war sie zur Zusammenarbeit bereit, zumal ja auch für sie etwas dabei herausspringen sollte.

Also erzählte sie Erich, was passiert war: Die Ampulle war in den Vertrieb als normaler Impfstoff gegangen. Damit konnte sie zwar als verloren betrachtet werden, aber das stellte kein Drama dar – Toni konnte mehr davon herstellen. Wichtig war, dass kein Konkurrent die Ampulle bekommen hatte.

Resi bekam die vereinbarte Summe und die Sache schien abgeschlossen.

Erich machte sich jedoch weitere Gedanken. Wenn der Impfstoff verimpft worden war, musste jemand die Affen-DNA injiziert bekommen haben. Das müsste sich doch feststellen lassen! Die veränderte DNA würde Symptome hervorrufen. Er suchte eine Weile und stieß schließlich auf den Affenmenschen Mark, der inzwischen eine gewisse Bekanntheit erlangt hatte. Die zeitliche Koinzidenz sprach dafür, dass Mark der Empfänger der fatalen Impfdosis gewesen war.

Erich kontaktierte ihn und teilte ihm mit, was er wissen musste. Mehr nicht. Keine Namen, keine Fakten, nur, dass er versehentlich einen Vektor-Impfstoff mit Affen-DNA erhalten hatte. Jegliches Wissen darüber würde Erich auf Befragen leugnen. Dann verschwand er auf Nimmerwiedersehen.

Mark teilte Herrn Dr. Mackenbuch und den Ärzten der Klinik sein neues Wissen mit, nicht ohne darauf hinzuweisen, dass er nichts davon belegen könne. Es wäre nur eine nicht-zurückverfolgbare Mitteilung gewesen. Er kenne den Informanten nicht.

Die Ärzte stellten indes fest, dass alles passte und dass sich Marks Veränderungen nunmehr lückenlos erklären ließen.

Sie wiesen auch noch darauf hin, dass Mark in diesem Fall womöglich über gar keinen wirksamen Schutz gegen Corona verfügte, und empfahlen eine neuerliche Impfung, in diesem Fall eine zweifache Impfung mit einem mRNA-Impfstoff.

Jetzt sollte er also doch noch seinen Wunsch-Impfstoff bekommen. Aber Mark lehnte dankend ab. Er wollte keine weiteren Experimente.

Im Käfig

Marks Kräfte wuchsen ins Unermessliche. Bei seiner Jagd nach Frauen war er gelegentlich in Schlägereien geraten, die er allesamt mühelos gewann. Ihn lockte der Gedanke, daraus Kapital zu schlagen. Er trainierte Mixed Martial Arts, wobei er aus seiner Erfahrung in mehreren Kampfsportarten einige Techniken kannte. Ferner half ihm seine nunmehr animalische Natur dabei, die Angriffe auch mit der erforderlichen Brutalität auszuführen. In einem nächsten Schritt nahm er an Käfigkämpfen teil. Diese waren in Corona-Zeiten in den Untergrund ausgewichen, aber das störte Mark nicht. Er hatte keine Angst.

Und er erwies sich als Naturtalent. Was ihm noch an Erfahrung und Technik fehlte, glich er durch seine neugewonnenen Nehmerqualitäten und unbändige Körperstärke aus. Sein Kampfname wurde „das Tier".

Als er das erste Mal bei einem Kampf im Käfig stand, fühlte er sich wie ein wildes Tier, das gegen seine Gefangennahme wütet. Seine primitivsten Instinkte wurden geweckt und er prügelte derart auf seinen Gegner los, dass der Kampf abgebrochen werden musste. Man konnte Mark kaum von seinem Gegner trennen.

Im Lauf der Zeit lernte er, sich zu beherrschen. Für den Kampf hatte er eine ganz einfache Taktik entwickelt: Er umklammerte blitzschnell seinen Gegner und quetschte ihm mit seinen Riesenkräften den Brustkorb zusammen, bis der Widersacher ohnmächtig zu Boden sank oder aufgab. Keiner konnte es mit ihm aufnehmen.

Die Wettquoten standen bald alle eindeutig zu seinen Gunsten. Fast wurde es schon langweilig. Es dauerte nicht lange, bis ein paar zwielichtige Geschäftemacher ihn aufsuchten und ihm einen Deal vorschlugen. Er sollte sich überraschend geschlagen geben und sie würden im Gegenzug ihren Wettgewinn mit ihm teilen.

Das fand er einerseits nicht so lustig, andererseits sah er ein, dass eine Abwechslung nicht schaden würde. Sein Gegenvorschlag lautete, fünf ausgewählte Kämpfer gleichzeitig gegen ihn antreten zu lassen. Dann könne seine Niederlage realistisch wirken.

So wurde es gemacht und in dieser Konstellation brauchte er nicht einmal zu schummeln, um zu unterliegen. Andererseits mobilisierte er auch nicht alle seine Reserven. Er ließ sich von den Gegnern zu Boden werfen, so dass sie sich über ihm auftürmten. Ihr Gewicht störte ihn nicht und ihre Schläge waren nicht allzu kräftig, da sie sich gegenseitig behinderten. Nach einer Weile gab er auf und klopfte ab. Im Großen und Ganzen ein realistisches Ende. Alle waren zufrieden.

Bei diesem Kampf hatte er einiges einstecken müssen. Zwar hatte er so gut wie möglich sein Gesicht geschützt und gegen Körpertreffer half ihm sein Muskelpanzer, aber einige Platzwunden hatte er sich schon zugezogen. Hier kamen seine

Wundheilungskräfte zum Einsatz und er fühlte sich bald wieder wie neu.

Eigentlich wollte er sich nun erst einmal erholen, aber ein anderer Einsatz wurde nötig.

Manchmal ist man zur falschen Zeit am falschen Ort. Es gibt aber auch das Gegenteil: zur rechten Zeit am rechten Ort zu sein. Das widerfuhr Mark an einem der folgenden Tage. Er kam an einem alten Mietshaus vorbei, das in Flammen stand. Die Feuerwehr war noch nicht eingetroffen.

Das Feuer musste in einem der mittleren Geschosse ausgebrochen sein und versperrte den Menschen in den oberen Geschossen den Fluchtweg. Die meisten hatten sich noch durchschlagen können. Einige waren sogar gesprungen und hatten sich dabei verletzt. Ganz oben schrie ein kleines Kind auf einem Balkon um Hilfe. Offenbar war es allein. Keiner wusste, was zu tun war.

Mark zögerte nicht. Affenartig kletterte er die Fassade hoch und hangelte sich auf den Balkon. Ähnlich wie beim Buildering, nur mit noch mehr Krafteinsatz. Das machte sich besonders beim darauffolgenden Abstieg bemerkbar, bei dem er das Kind mit sich trug. Er brachte es wohlbehalten nach unten und wurde bejubelt. Am Abend erschien sein Bild in den Nachrichten. Den Ruhm wollte er nicht, aber er konnte ihm nun nicht mehr entkommen. Immerhin half ihm der Ruhm bei zukünftigen Problemen.

Mehrfach wurde er in der Folge interviewt, wobei auch seine ziemlich offensichtliche Affenähnlichkeit zur Sprache kam. Er erzählte, was er wusste, nämlich, dass seine Verwandlung offenbar eine Folge seiner Impfung mit einem Vektorimpfstoff war.

Die Wirkung seiner Äußerung entfesselte eine gigantische Reaktion: Keiner wollte sich mehr mit einem Vektorimpfstoff impfen lassen. Ehrlich gesagt kein Wunder! Wer will das schon bei solchen Aussichten? Zu dumm nur, dass die Bundesregierung aus irgendeinem merkwürdigen Grund alle ihre Hoffnungen auf diesen Impfstoff gesetzt hatte.

Der Ausweg wäre natürlich ein mRNA-Impfstoff gewesen, da bei diesem keine DNA in den Zellkern gelangt, die ins Erbgut eingebaut werden könnte, sondern nur mRNA, die den Bauplan für die Corona-Antigene enthält. Dieser Impfstoff würde daher akzeptiert werden, war aber aus Gründen, die keiner kannte, auch nach so langer Zeit nicht in ausreichender Menge im Land vorhanden.

So würde das mit der Herdenimmunität nichts werden.

Inzwischen beschäftigte Mark noch ein anderes Problem.

Der Kampf im Käfig hatte ihm vor Augen geführt, wie die Affen im Zoo sich fühlen mussten. Waren sie nicht fast seine Artgenossen? Er musste ihnen irgendwie helfen! Das tat er.

Er kaufte eine Eintrittskarte für den Zoo und ließ sich abends heimlich einschließen. Dann ging er zum Affengehege und öffnete die Käfige, ohne sie zu beschädigen. Er hatte sich von professionellen Einbrechern zeigen lassen, wie man solche Schlösser öffnet. Nunmehr entließ er die Affen in den Außenbereich und verteilte dort Bananen, die er mitgebracht hatte. Die Affen mochten ihn. Er versuchte auch, mit ihnen zu sprechen, aber dazu waren die Tiere physiologisch leider nicht in der Lage. Ihm gelang es jedoch, ihre Laute zu interpretieren, und so konnte er mit ihnen kommunizieren.

Er überredete sie, am Ort zu bleiben und versprach ihnen, Verhandlungen in ihrem Namen mit der Zooverwaltung zu führen. Durch seine Bekanntheit als Lebensretter hatte Mark die Medien auf seiner Seite und so kam es tatsächlich zu Verhandlungen. Diese gestalteten sich gar nicht so einfach. Man hatte gewisses Verständnis für die von Mark vertretene Position der Affen. Andererseits trug der Zoo die Verantwortung, dass keine Gefahr von den Affen ausging. Ein juristisches Problem. Mark erbot sich, die Verantwortung zu übernehmen, aber das wäre im Fall eines Personenschadens nicht möglich gewesen. Die Zooverwaltung wies darauf hin, dass Mark zwar auf eine bestehende Gefühlslage der

Affen hingewiesen hatte, nicht aber ihre intellektuellen Fähigkeiten hätte beweisen können. Das ärgerte Mark. Reichte mangelnde Intelligenz als Grund, lebenslang eingesperrt zu werden? Er protestierte.

Man machte ihn darauf aufmerksam, dass die Gehege nicht nur der Gefangenhaltung der Tiere dienten, sondern auch dem Schutz der Tiere vor zudringlichen Besuchern. Man könne kaum glauben, was es da alles gebe.

„Ja, und da beginnt die Ungerechtigkeit", ereiferte sich Mark. „Statt die Störenfriede zu bestrafen, werden die Tiere weggesperrt."

„Das ist der Situation geschuldet", verteidigte sich der Zoodirektor. „Wir leben nun einmal in einer Welt der Menschen. Wenn man Menschen von Tieren durch Gitter trennt, wirkt es nur scheinbar so, als wären die Tiere gefangen. Man könnte aber genauso gut sagen, dass die Menschen eingezäunt sind. Ihr Auslaufgebiet ist nur ungleich größer als das der Tiere, weil sie so viel mehr sind."

Das ließ sich nun auch nicht widerlegen. Sie einigten sich darauf, dass die Affen ein größeres Gehege bekommen sollten und dass die Käfige von innen zu öffnen sein sollten. Mark überredete die Affen, in ihre Käfige zurückzukehren, die offen bleiben würden.

Andere Zoos folgten ihrem Beispiel.

Juristisch folgte nicht allzu viel. Eingebrochen war er nicht, beschädigt hatte er nichts, entwendet hatte er kein einziges Tier. Was war ihm vorzuwerfen? Gut, er hatte die Hausordnung missachtet. Damit hatte er sich des Hausfriedensbruches schuldig gemacht. Da er sich jedoch mit dem Zoodirektor geeinigt, ja sogar gut mit ihm verstanden hatte, verzichtete dieser auf eine Anzeige. Insofern ging die Sache glimpflich für Mark aus. Er besuchte die Affen künftig, so oft er konnte.

Inzwischen waren über neun Monate seit Marks körperlichen Veränderung vergangen. Ziemlich am Anfang seiner animalischen Phase hatten seine Frau Sabine und er sich damals für ein Kind entschieden. Da sie von der DNA-Änderung wussten, war ihnen klar, dass ihr Sohn auch Affen-Gene in sich tragen würde und dass man es ihm ansehen würde. Sie hatten das akzeptiert. Es war ihr Kind, sie standen dazu und sie würden es lieben. Sabine hatte Marks Veränderung miterlebt und in unerschütterlicher Treue zu ihm gehalten. Aus dieser Verbindung war das Kind entstanden, ein Symbol für ihr gemeinsames Glück. Sie würden für ihren Sohn und mit ihm durch dick und dünn gehen.

Sie überlegten, ihren Sohn Thorwald zu nennen. Sollte er wie ein kleines Äffchen aussehen, könnten sie ihn Toto rufen. Das wäre doch niedlich! Wenn er dann zu einem riesigen Erwachsenen geworden sein würde, wäre der Anklang an den Namen des nordischen Donnergottes Thor respekteinflößend. Der zweite Namensbestandteil erinnerte an den Wald, wo die meisten Affen lebten, auch wenn diese Ableitung etymologisch nicht korrekt war.

Schließlich kam der Zeitpunkt der Entbindung. Für die Hebammen und Ärzte wäre der Anblick des Neugeborenen sicher überraschend gewesen, wenn sie Mark nicht vorher schon gesehen hätten und alles erklärt bekommen hätten. So aber erschien es ganz natürlich, dass sich das Baby stark behaart und affenähnlich darstellte. Mark hatte ihm natürlich seine Affen-DNA weitergegeben und sie hatte sich mit der menschlichen DNA der Mutter vermischt.

Eins ließ sich nicht leugnen: Das Baby war ungewöhnlich, aber niedlich. Alle mochten es und liebkosten es.

Eine neue Art von Menschen würde mit diesem Baby entstehen, kräftiger und widerstandsfähiger als die bisherigen Menschen. Diese neuen Menschen würden den Homo sapiens irgendwann verdrängen, genauso, wie der Cro-Magnon-Mensch den Neandertaler verdrängt hatte. Mark fühlte Stolz in sich aufsteigen: Er war der Stammvater dieser neuen Menschen!

Sabine hatte sich mit der neuen Gestalt ihres Mannes abgefunden und mit ihm dieses Kind der Liebe gezeugt. Sie liebte es, wie es war, verspürte aber Sorgen, dass ihr Sohn ein schweres Leben haben würde, da er anders war als alle anderen. Andererseits vertraute sie auf seine Kraft. Er würde sich durchsetzen.

Die Infektion

Nach dem, was ihm widerfahren war, kam für Mark die eigentlich erforderliche zweite Impfung nicht mehr in Frage. Dass sein jetziger Zustand Folge der ersten Impfung war, wusste er inzwischen. Er erinnerte sich jedoch auch, dass die Nebenwirkungen dieser Impfung ihn von den Socken gehauen hatten. Das wollte er nicht noch einmal erleben, zumal er immer wieder im Käfig kämpfen wollte.

Hinzu kam, dass er sich gerade sehr gut fühlte. Den Gedanken an eine Infektion wies er weit von sich. Er strotzte vor Gesundheit, spürte förmlich seine Abwehrkräfte, die jede Krankheit besiegen würden.

Da er die zweite Impfung nicht mehr bekam und auch die erste nicht das gewesen war, was sie hätte sein sollen, besaß er nicht den vollen Schutz vor Corona. Gleichzeitig vernachlässigte er alle Vorsichtsmaßnahmen. Nach wie vor nahm er an illegalen Käfigkämpfen teil, bei denen die Kämpfer keine Masken trugen. Eines Tages informierten ihn die Trainer eines ehemaligen Gegners, dass ihr Kämpfer schwer an Corona erkrankt war. Erschwerend kam hinzu: Es handelte sich um die hochansteckende britische Variante. Kurze Zeit später wurde klar, dass Mark sich bei dem Kampf infiziert hatte. Auch er war jetzt positiv und nahm an keinen Kämpfen mehr teil.

Es war bereits bekannt, dass Affen Corona bekommen können, also auch Mischwesen wie Mark. Marks robuste Natur half ihm zwar im Krankheitsverlauf, aber letztlich bleibt es ein Glücksspiel, ob man diese Krankheit überlebt.

Mark hatte kein Glück in diesem Spiel und starb. Nach seinem Tod sollte sein Leichnam obduziert werden und Dr. Mackenbuch begann, eine Monografie über seinen Fall zu schreiben.

Etwas voreilig; denn der Fall war noch nicht abgeschlossen. Zunächst war Mark ins Leichenschauhaus überführt worden, wo die Obduktion geplant war. Dazu kam es nicht mehr. Der Leichnam verschwand auf geheimnisvolle Weise aus einem verschlossenen Raum. Aus Sicherheitsgründen ließ sich der Raum allerdings von innen öffnen – für den Fall, dass ein Scheintoter dort aufgebahrt sein sollte.

Bei Mark hatte man eindeutig den Tod festgestellt. Trotzdem musste er aufgestanden und gegangen sein. Keiner konnte es sich erklären. Handelte es sich jetzt bei ihm um einen Zombie? So etwas gehörte doch in den Bereich der Gruselgeschichten! Keiner glaubte daran.

Trotzdem lag die Wahrheit gar nicht mal so entfernt. Beim Einbau der Affen-DNA hatte ein epigenetischer Prozess stattgefunden. Gewisse Affen-Gene waren durch Methylierung freigeschaltet worden, die eine Art Notfallreaktion des Körpers aktivierten und ihm einen Neustart ermöglichten. Jegliche Schmerzempfindlichkeit wurde praktisch ausgeschaltet, die Kräfte gesteigert. Durch den auf Reserve laufenden Kreislauf konnte der Affenmensch sich in diesem Zustand nur sehr langsam bewegen. Wie ein Zombie.

Mark hatte schlafwandlerisch das Gebäude verlassen und schwankte über die Straßen. In seinem Zustand und mit seinem blassen affenähnlichen Gesicht wirkte er tatsächlich wie ein Zombie. Die Menschen, denen er begegnete, bekamen Angst und liefen davon. Die sofort eingeleitete Suchaktion hatte Erfolg und er wurde gefunden. Man wollte ihn zurück ins Krankenhaus bringen. Dagegen sträubte sich Mark. Sein nur notdürftig mit Blut versorgtes Hirn konnte nur eines: dem einmal gefassten Entschluss folgen, nach Hause zu gehen. Da er ja ein freier Mann war, musste man ihn gewähren lassen. Nur weil er wie ein Untoter durch die Gegend lief, konnte man ihn wohl kaum als Zombie behandeln und ihm in den Kopf schießen. Das war in den Horrorfilmen das bewährte Rezept gegen bissige Zombies. Aber Mark hatte niemanden angegriffen, lebte ganz offensichtlich juristisch als Mensch und besaß seine Menschenrechte. Man beschränkte sich darauf, ihm in einiger Entfernung zu folgen.

Zu Hause erschrak seine Frau nicht wenig, als sie ihren totgeglaubten Gemahl plötzlich schwankend wieder vor sich stehen sah. Aus Schreck und wohl auch wegen der Corona-Gefahr fiel sie ihm nicht gleich um den Hals, lachte und weinte aber vor Freude.

Es zeigte sich, dass er im Gegensatz zu einem Zombie ganz friedfertig war, sich sogar eine Maske aufsetzte und sich von seiner Frau zu Bett bringen ließ. Die folgenden Tage brachten Erfreuliches. Ohne irgendwelche medizinischen Hilfen erholte sich Mark zusehends. Die geheimnisvolle Notwehr seines Körpers hatte ihm offenbar geholfen, die Krankheit zu überwinden. Die Ärzte konnten es sich nicht erklären.

Wenn er auch den Tod für diesmal überwunden hatte, so hatte er doch noch nicht die Unsterblichkeit errungen. Die Frage blieb offen, ob seine Zellen altern würden. Das würde erst die Zeit zeigen.

Aber: Selbst wenn er eines Tages an Altersschwäche sterben würde, hieße das nur, dass er dem Alterstod nicht entrinnen können würde. Einen Krankheitstod konnte er aber offenbar schon besiegen und hatte es bereits getan.

Die Ärzte stellten sich die naheliegende Frage, ob das sich nicht auch auf den Menschen übertragen ließe. Könnte man nicht auch entsprechende menschliche Gene freischalten?

Man nahm Kontakt zu der Firma auf, die Marks Impfstoff hergestellt hatte und schlug ein gemeinsames Forschungsprojekt vor, das vom Forschungsministerium gefördert würde. Die Firma war nicht abgeneigt: Üppige Fördergelder würden fließen und die Zusammenarbeit mit dem Forschungsministerium versprach gute Publicity für die Firma. Man einigte sich schnell.

Kein Wunder, dass Toni die Leitung des Projekts übernahm. Er hatte – was außerhalb der Firma offiziell nicht bekannt war – die Forschungen an der Affen-DNA betrieben. Ziel des Projekts sollte ja nun sein, herauszufinden, ob es möglich wäre, die Effekte, die durch Tonis Impfstoff bei Mark aufgetreten waren, auch bei Menschen hervorzurufen. Wenn es funktionierte, hätte man eine Spritze gegen den Tod! Der entscheidende Schritt zur Unsterblichkeit. Ein Trost für alle, die nicht an ein Jenseits glaubten. Alle waren begeistert und stürzten sich auf die Arbeit.

Ein Problem würde ein positives Ergebnis natürlich für die Religion darstellen. Wie würde man ins Jenseits gelangen, wenn man nicht stürbe? Und würde man psychisch überhaupt ein unendliches irdisches Leben verkraften? Bliebe zur Beendigung des Lebens nur der Freitod? Aber andererseits stellte doch das Altern die beste Vorbereitung auf den Tod dar. Also ist Altern und Tod ein gutes Konzept für den Menschen. Trotzdem versuchen wir, den Tod zu vermeiden, wenn es so weit ist. Vielleicht wäre es eines Tages möglich, die Sterblichkeit ein- und auszuschalten. Insbesondere den vorzeitigen Tod zu verhindern, schien erstrebenswert.

Wie immer in der Geschichte der Menschheit lässt sich eine wissenschaftliche Entwicklung, wenn sie erst einmal in Gang gekommen ist, nicht aufhalten. Zumal auch ein fantastisches Geschäft lockte. Die Menschen würden jeden Preis für die Unsterblichkeit zahlen!

Das Projekt begann vielversprechend und läuft derzeit noch. Lassen Sie uns hoffen, dass es Erfolg hat!